W9-CKF-854

El Conejo y el Mapurite

CUENTO GUAJIRO

RECOPILACIÓN RAMÓN PAZ IPUANA · **ADAPTACIÓN** VERÓNICA URIBE · **ILUSTRACIÓN** VICKY SEMPERE

EDICIONES EKARÉ

Edición a cargo de Carmen Diana Dearden y Verónica Uribe
Dirección de arte: Monika Doppert

Décima tercera edición, 2012

© 1979 Vicky Sempere, ilustraciones
© 1979 Ediciones Ekaré

Todos los derechos reservados

Av. Luis Roche, Edif. Banco del Libro, Altamira Sur. Caracas 1060, Venezuela
C/ Sant Agustí 6, bajos. 08012 Barcelona, España

www.ekare.com

ISBN 978-980-257-006-5
HECHO EL DEPÓSITO DE LEY · Depósito Legal lf15119988001167 · Impreso en China por South China Printing Co. Ltd.

A los niños de la Guajira

Cuentan los ancianos de la Guajira que el Mapurite era el mejor curandero de aquellos viejos tiempos en que los animales eran como los hombres de hoy.

Un día, el Mapurite cogió camino hacia Río Hacha para curar a un enfermo a quien se le había metido un mal espíritu en los pulmones que le hacía toser y doler el pecho.

Iba caminando de Este a Oeste, cuando se encontró con el Conejo que venía de Oeste a Este.

—Ahá, curandero. ¿Adónde vas con tanta prisa?
—Voy a Río Hacha a curar a un enfermo. Y tú, ¿hacia dónde vas?

El Conejo dio dos brincos y dijo:

—Pues... hacia donde me lleve el camino,
     de aquí para allá,
     de Occidente a Oriente,
     al Jorrottuy
     donde brilla el sol naciente.

—Ahá, ¿sí? –respondió el Mapurite sin mirarlo porque
tenía unos ojos chiquiticos y casi no podía ver.

—Oye, viejo –dijo el Conejo–, ¿no tienes por casualidad un tabaquito para mascar y entretenerme por el camino?

—Pues sí tengo, amigo.

Y metiendo la mano en su bolso, el Mapurite le dio tamaño tabaco para que fumara y mascara.

Entonces se separaron.

El Mapurite siguió camino a Occidente y el Conejo se fue contento con su tabaco. Hizo como si se alejaba, pero le dio vuelta a una loma y volvió a caer en el mismo camino, delante del Mapurite.

Cambiando la voz, dijo el Conejo:

—Hola, curandero. ¿Adónde vas con tanta prisa?

—Voy a Río Hacha a curar un enfermo –respondió el Mapurite pestañeando.

—¿Y qué se dice por el camino que has recorrido, viejo?

—Pues, nada. Sólo me encontré hace un rato con un conejo que sigue tu mismo camino.

—Lo alcanzaré para que me sirva de compañero –dijo el Conejo–. Pero, por casualidad, ¿no tienes un tabaco que me regales?

El Mapurite metió la mano en su bolso y le regaló un tabaco.

Entonces se separaron.
Pero en cuatro saltos el Conejo dio vuelta a la otra loma
y volvió a presentarse delante del Mapurite.

Esta vez el Conejo remedó la voz temblorosa de un viejo:
—Me complace verte, anciano, residuo de los tiempos
idos. Soy un viejo achacoso que desea recordar sus
primeros días.

El Mapurite se sintió muy contento al oír estas frases
y quiso conversar de las andanzas de su juventud.
Levantó la cabeza, pero con sus ojos chiquiticos como
dos pulguitas casi no podía ver a quien le hablaba.

—¿No tienes un tabaco que me regales? –preguntó de prisa el Conejo.

—Sí me complace –dijo el Mapurite, y le dio otro tabaco.

El Conejo se fue corriendo contento con sus tres tabacos y el Mapurite siguió camino a Occidente.

Cuando el Mapurite llegó a Río Hacha vio que no le quedaba ni un solo tabaco para dar masajes a su enfermo y recordando, recordando...

...se dio cuenta de que el Conejo,
con su astucia, lo había engañado.
—¡Ya verá lo que le va a pasar! –dijo
indignado el Mapurite.
Y comenzó a preparar un raro mejunje:

Puso ají picante en un mortero,
puso resina de pringamoza,
zumo de tabaco
        y un chorrito de pipí.

Batió muy duro... así, así.

Y cuando la mezcla estuvo a punto...
hizo dos cigarros con ella
y los puso en su bolso.

Camino a su casa, pasó por el mismo lugar
en donde se había encontrado con el Conejo y...
¡qué casualidad! Allí estaba el Conejo.

—Hola, viejo, amigo mío. Nos volvemos a encontrar.
¿Tendrás otro tabaco que me regales?
—Sí, con mucho gusto. En Río Hacha compré
y son muy buenos.

El Mapurite le dio los dos cigarros y siguió pasito
a paso a su casa.

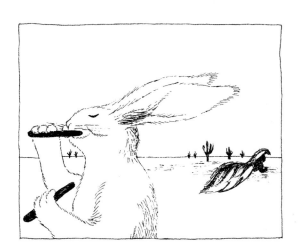

El Conejo se puso a fumar.

Chupa que chupa, sintió un mareo.
Algo raro le ocurría.

Sentía como si le picaran hormigas en la nariz,
como si le hicieran cosquillas en la boca.
Pero no le importó. Siguió chupando y escupiendo
el aroma de su tabaco.

El hocico se le empezó a hinchar y la nariz se le
movía rapidito sin que él lo quisiera.

A AHHH

AAAHHHH

Entonces, botó el tabaco, se frotó la nariz
y estornudó. Pero... nada.
Su nariz seguía húmeda, rosada
y moviéndose sin parar.

ATCHIS!!

Dice la gente de la Guajira que desde entonces
a todos los conejos les tiembla el hocico y la nariz,
porque todavía sienten la picazón del tabaco
mágico del Mapurite.

3 1125 00943 1790

El Conejo y el Mapurite es un cuento guajiro. Los guajiros viven en la península de La Guajira, en el extremo noreste de Venezuela. La frontera entre Colombia y Venezuela atraviesa la península de norte a sur, dividiendo el territorio guajiro en dos sectores. Pero para los guajiros esta frontera es cosa del hombre blanco. Para ellos no existe, pues todo es una misma tierra, su tierra.

La Guajira es una zona desértica en donde crecen tunas, cardones y cujíes. Los guajiros pastorean ovejas y chivos y siembran maíz, yuca, plátanos y auyama. Muchos comercian con telas, tejidos y otros productos.

Cuando un guajiro se encuentra con otro, no le pregunta su nombre, sino a qué clan pertenece. Los clanes son matrilineales, es decir, los hijos pertenecen al clan de su madre y no al del padre, por lo tanto heredan sus "apellidos" de la madre. Cada clan tiene su ancestro totémico animal: Uriana es el tigre; Jayariyú, el del perro; Ipuana, el del chiriguare; Sapuana, el del alcaraván y Jusayú, el del pegón. Son unos hermosos nombres que los guajiros no podían utilizar legalmente, ni anotar en sus cédulas de identidad porque la ley venezolana se los impedía.

Los guajiros se llaman a sí mismos *wayú* y al hombre blanco le dicen *alijuna*. Son un pueblo unido, que lucha por mantener viva su lengua y su cultura y por hacer valer sus derechos. Tienen una rica tradición de cuentos y leyendas y les gusta echarlos al caer la tarde cuando descansan en sus chinchorros. Este cuento fue recopilado por Ramón Paz Ipuana y publicado por primera vez en su libro *Mitos, leyendas y cuentos guajiros*.

Conejo en guajiro se dice *atpanaa*, pero cuando se trata del conejo travieso, astuto y pícaro, se le llama *jurrakusa*. Los *autshi* son curanderos, como el mapurite de este cuento.

ATCHIS!!